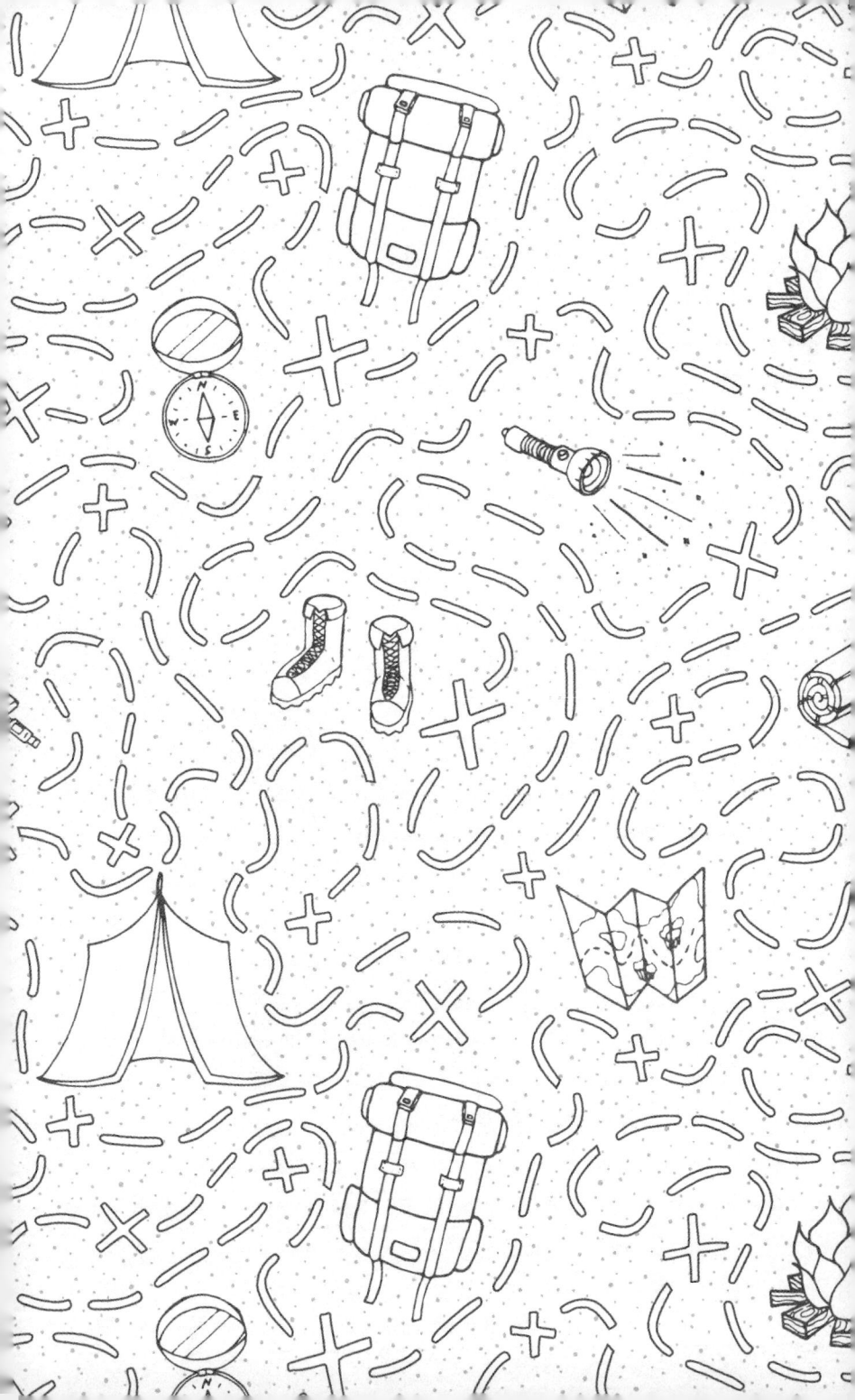

# SURVIVOR DIARIES
# LOST!
# 绝地求生

## 丛林迷踪

[加] 特里·约翰逊 著　王旸 译

湖南文艺出版社
HUNAN LITERATURE AND ART PUBLISHING HOUSE

小博集
BOOKY KIDS

致克里丝特，
是你把我从树上救了下来。

# 目　录

## 第一章

# "告诉我，你是怎么在雨林中幸存下来的？"

"卡特，告诉我，你是怎么在雨林中幸存下来的？"记者问道，然后按下了手机的"录音"键。

我在高脚凳上转了一圈，像加州神鹫张开翅膀似的张开了双臂，或者，像黑嘴天鹅更恰当，它们是北美体积最大的鸟类。

"你和安娜聊过了吗？"我问。

"我明天就会见到她。"记者说着卷起了袖子，并从衬衫口袋里拿出了笔记本和笔。"我希望先听你讲讲你们在哥斯达黎加发生的事情。"他继续说道，"这个采访是我为了正在写的《绝地求生》做的准备，这个系列写的都是像你一样在野外的极限环境下存活下来的孩子。你比安娜更小，只有11岁，对吧？"

"哇——"我被身后的尖叫声吓得从椅子上跳了起来，然后发现声音来源于妈妈照顾的一个小孩儿。

　　妈妈抱起了小孩儿，说："她该睡觉了，我先失陪了。"说完，她朝楼上走去。我希望妈妈发现我刚才的动作幅度其实并不大。

　　一回忆起那段在雨林中的日子，我双手就冒汗，还会不由自主地在我红色的运动裤上来回磨蹭。这件运动裤的颜色，红得就像凤尾绿咬鹃胸前的羽毛。这一切都起源于凤尾绿咬鹃。我见过的所有鸟类，都记录在我的观鸟清单里。但是，为了将凤尾绿咬鹃这种濒临灭绝的鸟类加入我的清单，我险些丧命。

　　"来吧，"记者摸了摸自己的光头，然后用充满期待的眼神望着我，"告诉我发生了什么。"

　　"吼猴。"我说道，"它们的叫声异常恐怖，你可以在几英里①之外听到它们的叫声。你知道吗？

―――――――――

① 英里：英美制长度单位。1 英里 = 1.609344 千米。

它们是新世界猴中叫声最大的猴，就是它们的声音吓到了安娜。它们在我们上方跳来跳去，弄得上边的树枝哗啦啦地来回摇动。我们听到了吼猴的叫声，它们离我们越来越近……"

"什么猴？"记者宽宽的额头因为不解而挤出了纹路，"卡特，你从一开始讲好不好？"

我深深吸了一口气，说："好吧！一切都是从舔那个古老的雕像开始的。"

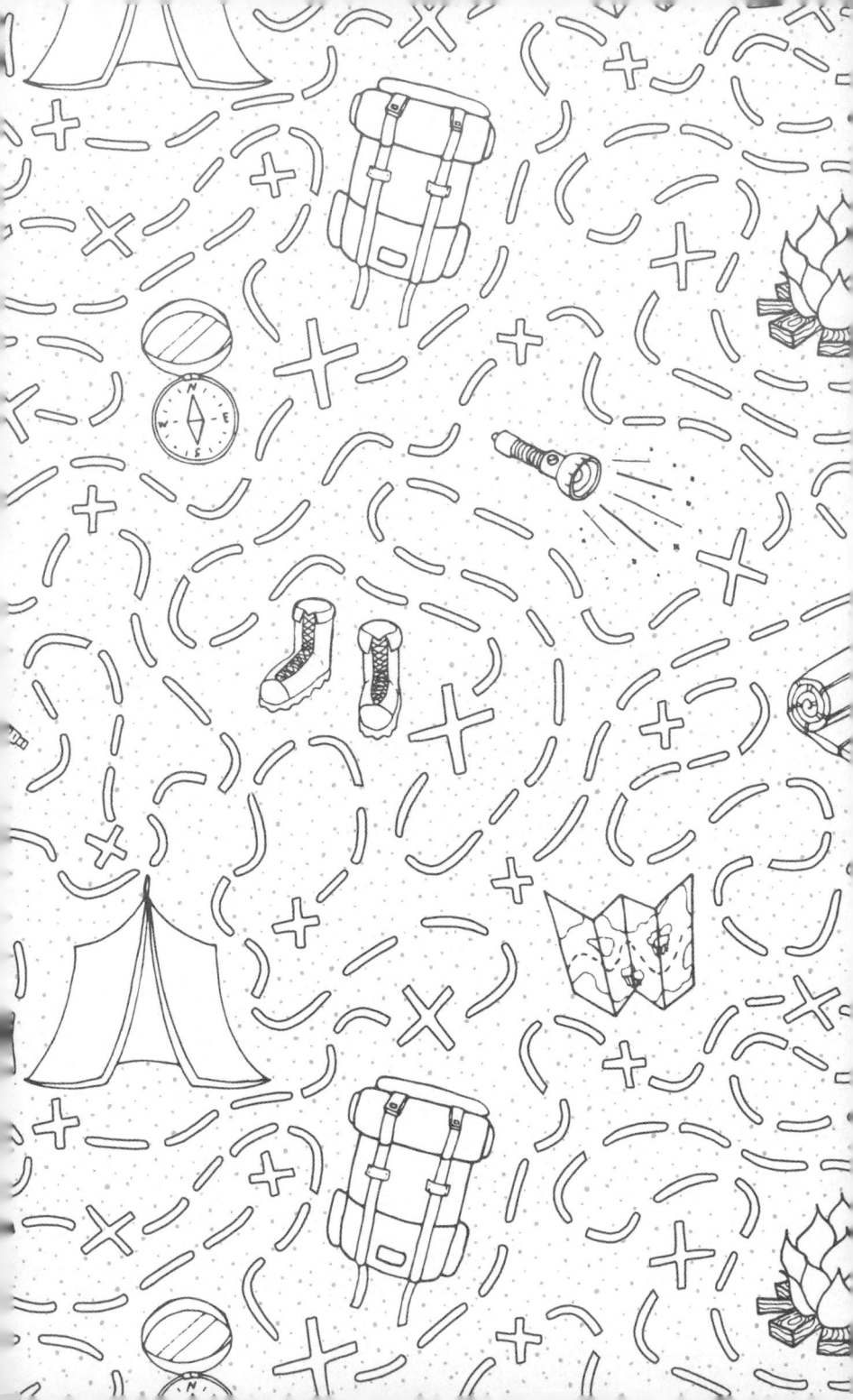

# 第二章

# 猴神雕像

六周之前，哥斯达黎加奥萨半岛。

爸爸建议我多和安娜待一会儿，她家也在三月假期来到了科尔科瓦多旅舍度假。爸爸希望我多和同龄人交往，但实际上安娜已经上七年级了，而我即使穿了登山鞋也只有她肩膀那么高。在学校，她是绝对不会和我这样的人交往的。

"嘿，那个看起来很有趣。"安娜指着一条小道说。小道旁有个褪色的路标，上面用西班牙语写着"瀑布"两个字，旁边还有瀑布的照片，照片旁边有个猴子模样的石雕。

"猴神。"我读出了路标上的字，上面还有一个大箭头。

"哦，我知道这是什么了！"安娜道，"这跟猴子女巫的传说有关。传说，她在森林里到处游荡，寻找自己失踪的孩子，还会站在树梢上用恐怖的尖叫声杀人。"

安娜一家比我们早来了数日，所以她总觉得有义务把自己听到的当地传说向我这个新来的一一道来。他们一家甚至都不是鸟类爱好者，他们来到这里就是为了休闲度假。

我和爸爸妈妈则是来这里看凤尾绿咬鹃的。奥萨半岛有近400种鸟。自从我们来到哥斯达黎加后，我们已经在观鸟清单中加入了玫红丽唐纳雀、群栖短嘴霸鹟、裸喉虎鹭和桂红蜂鸟。在度假村，我们还看到了栗嘴巨嘴鸟和金刚鹦鹉。但我们还没有看到凤尾绿咬鹃。

"我们的爸爸妈妈还在享受酒水打折的'欢乐时光，'"安娜道，"在晚餐前还有一段时间，我们去看看瀑布吧！传说，如果你在那里舔一下雕像，就会获得天赐的力量。卡特，你难道不想得到那些力量吗?"

"舔雕像?"我问,"你真的愿意舔户外的东西吗?这里可有不少毒箭蛙,那可是世界上毒性最强的动物之一,一只毒箭蛙就可以杀死两万只老鼠!"

安娜没有回答,只是盯着我。

"怎么了?"我有些不知所措。

"你真是个怪人。"安娜一边嘟囔,一边走向小道。"嘿!"她弯腰穿过了树丛,从后面拿出一柄黑把的弯刀,"看我找到了什么!"安娜拿着刀挥舞了几下,"这可是个足以杀人的武器,有人故意把它留在了这里,用来防御猴神。来吧!让我们在天黑前找到那座神奇的雕像。"

我知道关于舔雕塑就能获得力量的传说肯定不是真的。在为这次旅行做准备时,我从未在任何介绍中读到相关内容。这个说法肯定是安娜虚构的。

但万一不是呢？如果我真能获得力量呢？

我抓紧了挂在脖子上的双筒望远镜，又看了一眼度假村。游泳池那里传来了一阵笑声，我的爸爸妈妈根本没空想到我。我的担心有些多余。

"卡特，要不要来？"

我看了一眼前方的雨林，想象了一下沿着小道进入雨林可能遇到的各种危险。我正准备摇头拒绝安娜，但我突然看到了它。我整个人都僵住了。

"怎么了？"安娜顺着我看着的方向望去。她什么都没有看到。但当我举起颤抖的手，指向那只雄性绿咬鹃时，安娜也看到了那只美丽的鸟。

"第 308 种。"我低声道。

"什么？"

"这是我观鸟清单上的第 308 种鸟。"我说道。

绿咬鹃就停在小道不远处。通过我的双筒望远镜，我发觉它比照片中还要美。它那鲜红的肚子和头部、颈部的深绿色形成了鲜明的对比，在它长长的尾巴上，我还看到了一丝蓝色和紫色。

"绿咬鹃是玛雅部落首领的精神守护者，会在战斗中保护部落。"我很高兴地分享着我唯一熟知的传说，"传说中，绿咬鹃站在濒死的战士乌曼的胸前，战士的鲜血染红了它的羽毛，这就是它红色羽毛的由来。"我擦去了流进眼睛的汗水，"由于逐渐失去栖息地，现在绿咬鹃已经成了濒危动物。"

安娜好像并没有被我的话打动。"相比起来，还是赋予人们力量的猴神雕像的传说更有趣。"

"那个传说怎么可能比找到濒危鸟类更有趣?"我不明白为什么安娜对力量如此热衷。昨天我还看到她在背人游戏中背起了自己的爸爸，安娜比我认识的任何女孩儿都更为高大、更为健壮。

绿咬鹃跳下枝头，沿着小道飞走了，我不由自主地跟了上去，安娜则用弯刀砍向所有不幸离她的刀足够近的植物。

"挥刀时小心点儿。"我忍不住提醒道，"雨林中的第一法则就是永远不要在没看清楚前去触碰任何东西，树丛里可能藏着各种可怕的东西，比如巨蝮。"

"巨蝮是什么？"安娜问道，"这个名字听起来好霸气。"

"巨蝮是一种毒蛇，但比它们还要危险的是矛头蛇。矛头蛇极富攻击性，在蛇造成的所有的咬伤中，有一半是矛头蛇造成的，而且，它们可能躲在任何角落。"

当我意识到，我们已经在小道上走出很远时，一种熟悉的感觉向我袭来——心跳加速，脉搏加快。我试图控制自己的呼吸，并努力让自己转移注意力。现在可不是恐慌症发作的时候。

安娜假装咳嗽了一声，但我听到她小声说道："真是书呆子。"接着，安娜又开始挥舞自己的手臂，挥刀砍向自己头顶上的什么东西。紧接着，安娜又从口袋里拿出驱虫剂，喷得到处都是。

"我最讨厌虫子了。"安娜道，"你是从哪里学到这些的？"

"在我们来这里之前我读到的。"我说。但我没有跟安娜解释我为什么要阅读这方面的信息。我不想告诉她我是如何患上医生所说的恐慌症的，也不想告诉她，为了避免恐慌症发作，我唯一的方法就是尽可能多地收集资料，做好准备，这样我才不会因为所有潜在的危险而恐慌。

流水的声音吸引了我们的注意力。"是瀑布！"

安娜喊道。

瀑布并不大，只是小道旁边的一条小溪因为原木造成的落差而形成的小瀑布。在小道旁，还有一尊蹲着的猴子的雕像，雕像看起来比照片里小很多。它只是一块绿色的石雕，猴子的头部还长着苔藓之类的植物。没有人会舔这样的东西。

安娜率先跑了过去。我本以为她肯定会强迫我先去舔雕像，在我照办之后再嘲笑我是多么愚蠢。

但我很快就看到安娜伸出了舌头，把雕像舔了一遍。"别这么做。"我喊道。

安娜试了试自己手臂的力量。"该你了。"她做了个鬼脸，往地上吐了些什么，然后拍了拍雕像的头。"好多沙子。"

我低下了头。雕像的绿色部分看上去危险极了。在安娜的注视下，我先把雕像的肩膀部位擦干净，然后伸出舌头微微舔了一下，随后赶紧用手指清理了一下舌头，举起双臂庆祝我的胜利，为自己感到自豪。但悲伤的是，我并未感到自己获得了更多的力量。

就在此时，我突然意识到天快黑了。在雨林遮天蔽日的树荫下，几乎已经没有太多阳光能够投射进来。树上挂着许多藤蔓和其他奇异的植物，这让整个雨林随着黑暗的到来显得更为巨大和更为恐怖。

安娜似乎也意识到了天色将暗。"我们该回去了。"她说。

就在我们回头准备回去时，我们听到了一个恐怖的声音，那声音好似狮子的吼叫声或熊准备攻击时发出的声音。

# 第三章

# 吼猴

我们周围的树枝和树叶纷纷活了过来。我本以为伴随着噪声出现的会是庞然大物，但实际上出现的却是一群浑身都是黑色毛发的小动物。它们在树枝上上蹿下跳，使得树枝激烈摇晃，还对着我们大声嚎叫。

安娜发出一声尖叫，夺路而逃，但是她偏离了原来的小道，越过雨林中的矮树丛，一路向前狂奔。

"别跑！"我追了上去，整个人都被这突如其来的灾难吓得魂飞魄散，"它们只不过是——"

当一个东西击中她的后背时，安娜又发出了一声尖叫。接着，越来越多的东西从天而降，我们不得不抱住自己的头。我不知道到底有多少东西击中了我们。

"她来找我们报复了！"安娜尖声叫道，"猴神来了！"

我必须阻止安娜！

一根树枝打中了我的脸，我们在雨林中慌不择路，胡乱奔跑。猴子一路尖叫着追我们，并拼命摇晃树枝，整个场景简直像是出自《侏罗纪公园》。

一根长着树叶的树枝从天而降，打到了安娜的头，使得安娜更加疯狂了，她一边尖叫一边焦急地跺脚。那是一根断掉的树枝，最终树枝掉到了地上，安娜又开始狂奔。

"停下！等等！"

安娜终于停下了脚步。我们站在一起，大口喘气，胸口不断起伏。安娜浑身是汗，深色的头发湿湿地贴在脸上。

"永远不要在雨林里乱跑！"我喊道。

"刚才发生了什么？"安娜问道。

"我早就想跟你解释了。"我气喘吁吁地说，努力在炎热的空气中让自己的呼吸恢复正常，"那些只是吼猴，我们不需要害怕猴子。"

突然，头顶传来了可怕的声音，我们跳了起来。树枝上乱影窜动，吼猴的叫声仿佛在我的骨头里回荡，整个世界到处都是震耳欲聋的吼猴的叫声。

最后，它们离开了，只剩下我们两个。回过神来，我才发现自己浑身都起了鸡皮疙瘩。

安娜看了一眼头上的树荫。"我还以为是那个愚蠢的传说中的猴神，但在此之前我还以为它们是美洲豹。"

"我们也不需要害怕美洲豹。在雨林中，我们真正应该害怕的是毒蛇和蜘蛛。躲避毒蛇和蜘蛛最好的办法就是不要在雨林中乱跑。"

现在，危及生命的险情已经化解，我的紧张感逐渐消失。我看了一眼周围陌生的雨林，意识到我们已经远离了小道。"天哪！你知道我们是从哪里来的吗？"

安娜朝一个方向走去，我跟了上去。我们在一棵棵细瘦的树木中间穿行，时不时用手拂开垂下的藤蔓。我还撞到了一个蜘蛛网，黏稠的网线糊到了我的脸上，险些让我的恐慌症立刻发作。

**不是漏斗网蜘蛛。不会痛苦地死去。我没事。**我深深呼了一口气。

我们走过了一棵巨大的树，大树四周盘踞的粗大的树根看起来就像一条条鳗鱼。除此之外，地面上还有许多小树根。

"不要被树根绊倒，在树根上走。"我提醒安娜道，"这样你就不会惊扰到蛇。"

安娜用弯刀砍了一下树根。突然，她停下了脚步，看了一眼四周，然后开始朝另一个方向走去。

这让我的担心急速加剧。"安娜，停下来。听我说，你真的知道我们在哪里吗？你真的知道小道在哪里吗？"

安娜看起来忧心忡忡。"我本以为在这里。"

"你是说我们已经迷路了？"

远方传来了吼猴的叫声。

# 第四章

## 我们迷路了

"我们必须停下来。"我越来越紧张，"迷路时，应该留在原地，这就是停下法则（S.T.O.P.），停下（Stop）、思考（Think）、观察（Observe）和计划（Plan）。他们很快会从度假村开始寻找我们的。"我不知道我是在安慰自己还是在安慰安娜，"如果我们留在这里，他们多半能够找到我们。"

"不可能。"安娜反驳道，"我们在雨林深处，他们绝对不可能找到这里。我们必须继续前进，趁着现在还有阳光。"她扯断了散落在后颈上的几根头发，"我比你年纪大，我来做决定，而且我好渴，我们应该看看能否再次找到瀑布。"

"安娜，听我说。"我说道。

"我只是想回到度假村。"安娜情绪低落地擦了擦自己额头上的汗，然后把双手放到嘴边喊道："嘿！有人吗？有人听到吗？我们在这里！"

"喂!"我也跟着喊了起来。

我们仔细倾听了一会儿,但没有听到任何回音。

雨林的炎热和潮湿好像一个活物,你仿佛能够触碰到它。由于刚才拼命奔跑,我们全身已经湿透了。我原本庆幸自己身上穿的长袖衫能够让我不被树枝刮伤,但现在我的袖子和裤腿紧紧贴着我的皮肤。

"瀑布应该就在这附近,我们应该可以找到那条小溪。"安娜说。

她红扑扑的脸发着光。安娜走在前面,我跟在后面。但随着夜色降临,前面的路已经不太能看清了。事情已经完全失控了,我的双手开始颤抖。

"我们不能再前进了。"我一边不断重复,一边企图用手打死脖子周围那只恼人的蚊子,"我们应该停下来生火，这样他们才能找到我们。"

我拿出了我一直放在口袋里的密封袋，仅仅拿着它，就让我平静了许多。安娜看着我，不解地问："这是什么？"

"这是我为应对紧急情况所做的准备。"我解释道。

无论去哪里，我都会带着这个密封袋。没有它，我几乎不敢离开家门一步。我总是想象自己会迷路、会被抢劫或被绑架，但我最害怕的事情还是遭遇飓风。我决定，自己一旦成年，就立刻离开迈尔斯堡。为什么有人想要住在这样的地方？这里可是有着时速高达200英里的飓风，足以引发毁掉整个街区的风暴潮。

"在准备这个密封袋里的装备时，"我说道，"我考虑到了各种各样的紧急情况。这里面有打火机、方形铝箔、地面防水布、多功能工具、缝纫工具、管道胶带、信号镜、微型手电筒、绷带、消毒毛巾、紧急口哨、净水片。"

"这个密封袋能够容纳这么多东西？"安娜问道。

"没错！而且，我还戴着伞绳手链。"我指了指手腕上由我亲手编制的暗绿色的手链，"我们不会出事的。"

我一边打开密封袋寻找手电筒，一边打量着四周。"我们可以在这里清理出一片空地来生火，搭建一个帐篷，之后，我们还需要找到水源——"

树上的动静打断了我的话。又是吼猴？我看到一团白色的东西穿过茂密的树叶跳到了我们旁边的一棵大树上，然后迅速爬了下来。

"哦！是白脸猴！"安娜道，"我们吃早餐时见过它们，它们还偷走了我们的香蕉。"

又有几只白脸猴来到了地面。就在我全神贯注地盯着其中一只白脸猴的时候，另一只白脸猴突然扑了过来并从我手中夺走了密封袋。我震惊不已，眼睁睁地看着白脸猴一只只离开了我们，然后我才反应过来："哦！不！它抢走了我的装备！"

那只白脸猴尖叫着爬上了树，手里紧紧抓着我的密封袋。它坐在我头顶上的一根树枝上，开始查看自己的战利品。

"还给我！"我的叫声因为绝望而沙哑。

白脸猴看了一眼密封袋里的东西，拿出了一个打火机好奇地拿在手里把玩，并不时轻轻咬一下。另一只白脸猴乘其不备夺走了密封袋，用嘴巴叼着，很快跑开了。白脸猴激动的叫声让我越来越恼怒。

## 第四章　我们迷路了

"别闹了!"

什么东西从树上掉了下来。我跑过去,从地上拾了起来,那是一个小小的塑料做的方形的东西。我的手指微微颤抖。我从密封袋里夺回来的唯一的东西居然是这个折叠垃圾袋。我之前所有的精心计划都白费了。

我的心跳越来越快,我的呼吸也越来越急促。

我忍住了想哭的冲动,汗水顺着我的脸颊一滴一滴往下掉,我的身体开始颤抖,我感觉浓密而黑暗的雨林已经把我包围。

别这样。**不要惊慌。**

"你怎么了?"安娜问道,"你还好吗? 来这里坐一会儿吧。"她抓住我的胳膊,把我带到一个中空的木头旁,我跌跌撞撞地跟在她后头。安娜说得对,我应该休息一下,恢复正常呼吸。

　　我扫开木头上的叶子，想都没想，就准备坐在空出来的地方。就在此时，我急忙收回了手。我和安娜都看到有什么东西从我刚才准备坐下的地方跑开了。

　　一个领结大小的蝎子举起了自己后方的螯针。

　　"我要死了！"我喊道。

　　**集中注意力！吸气，呼气。没有用，我的喉咙收紧了！**

　　**无法呼吸！**

　　一片黑暗。

# 第五章

# 恐慌症、垃圾袋和大雨

当我醒过来时，安娜正跪坐在我身旁。

"你醒了。"她松了一口气。突然，她盯住了我的脸。"卡特，你还好吗？"安娜一字一句说得缓慢而大声，仿佛面对的是刚刚来到地球的外星人。

我点了点头。

"你的身体突然开始摇晃，好像疾病发作了一样。我还以为你已经死了。"

"我有时会恐慌症发作。"我举起手，想看看自己有没有被蜇到。就在我移动的那一瞬间，我感到浑身疼痛。我从未有过这种感觉，全身发热，而身体最热的部分就是刚刚伸向蝎子的那只手，看来我果然被蜇了。

"所以你晕倒其实和蝎子无关？"安娜问道。

"我也不确定……但我有时确实会这样。"我的话听起来很可笑，"我的嘴唇也有些轻微的刺痛感。"

"情况不太好，对吧？"安娜问道，"蝎子和巨蝮一样都是有毒的吗？"

"有……有些有毒。"我试图平静下来，开始回忆我对蝎子有多少了解。有些蝎子的毒性是致命的，而我身边没有急救包。我的大脑还因为刚才恐慌症发作而有些混乱。我感到自己的恐慌症可能又快发作了。

这时，开始下雨了。

"你的脸变红了。"安娜还在我身旁，她一脸忧虑的表情。"卡特，对不起！"她突然说道，"我不知道那里有蝎子，让你被蜇到都是我的错！"

我不知道该怎么回答她。

安娜看了一眼四周，然后指着我们身旁的棕榈树，说："你刚才说要搭帐篷，我们能用这些巨大的棕榈叶搭帐篷吗？"

我点了点头，至少我认为自己点了点头。我感觉我的脑袋就像大头娃娃的"大头"，仿佛已经脱离了我的身体。

安娜砍下了一片巨大的、和她身高差不多长的棕榈叶。

我试着把我的手指"编"在一起，向她示范该怎么用"方格编织法"把棕榈叶编到一起。"就像这样。"我咕哝道。我真希望我没有躺在潮湿的树叶上。黑暗中还有多少蝎子？还有多少危险的动物？

疼痛让人难以忍受。我闭上眼睛，紧紧抓着被蜇到的那只手。

下一个攻击我们的是蚊子。它们在我们眼前飞来飞去，不断冲撞着我的脸庞、眼睛、鼻子。我耳边都是蚊子的嗡嗡声，逼得我几乎发疯，要知道，蚊子携带着各种各样的疾病。**但谁又关心这个呢？**

**我会因为被蝎子蜇而死去。不，不要这么想。深呼吸。**

安娜在空气中四处喷驱虫剂。突然，她仿佛想起了我，蹲在我身边，往我的脖子、耳朵和其他裸露在外的地方喷驱虫剂，然后帮我把衣服的扣子一一扣紧，并帮我往上提了提袜子。

我只能看着她做这些事情，因为我的手已经完全不听使唤了。实际上，我的手已经完全肿了起来，手指也变得僵硬，每次弯曲都令人疼痛难忍。

"不要死！"安娜不停地重复道。她把棕榈叶从树上折下来，确定能遮住我后，才坐在了我的身旁。"我们能做点儿什么？"她问。

我指了指口袋里的垃圾袋。安娜打开垃圾袋，然后把它套在了我身上。

好像什么地方打开了开关一样，大雨开始从天

而降。我们躲在棕榈叶下，但棕榈叶作为遮挡物并不理想。雨水不断顺着叶子之间的缝隙流进来，浇在我的头上，一直流进脖子里。我的鼻子上也都是水，头发紧紧贴在头上，而疼痛则顺着手一直传到我的胳膊上。

安娜试图用双手接住些水，喂我喝下一点儿，但我完全抬不起头。我只能躺在原地不断呻吟，根本无法说话或者移动，只能努力把注意力放在一次次的呼吸上。

**我本应该待在度假村，躺在有屋顶、墙壁和蚊帐的床上。我需要爸爸妈妈，他们可以带我去看医生。这么一想，我此刻更应该躺在医院里！**

我曾因各种各样的小事而恐慌症发作，大风，害怕错过巴士，考试，诺厄·马丁在体育课上扔给我一只女士高跟鞋，等等。但我从未想过自己有一天会像现在这样如此接近死亡。我有各种各样关于灾难的担忧，但从未想到自己会这样死去。在雨林中，在大雨中，在黑暗中，默默死去。

安娜把膝盖抱在胸前，看着大雨，一言不发。雨到底还要下多久？

"我们不该来这里。"安娜自言自语地嘟囔道，"我多么希望爸爸就在身旁，他会找到我们的。"

真的有人能在雨中找到我们吗？我的爸爸妈妈担心我了吗？……我不能再这样想下去了，我必须保持冷静。

雨林仿佛一个巨大的蒸笼，而我们身在其中。

和刚才突如其来的降临一样，雨突然停下来了。下雨时，雨声掩盖了其他所有声音，但现在，我们可以听到在夜间出没的动物开始活动的声音。周围全是尖叫声、砰砰声、吱吱声、咕噜声、咆哮声。当旁边突然发出一声尖叫声，又突然消失的时候，我的心跳不禁加速——有什么东西刚刚死去，而我也会遭遇同样的命运。

**保持冷静**。黎明终将到来，我必须让呼吸恢复正常。我开始回忆鸟类清单中我已经见过的那些鸟。我的手在好转吗？手已经没之前那么疼了。我的思绪逐渐放缓。我听见了雨水顺着树叶滴下来的声音。

滴答。滴答。滴答。

我开始打瞌睡。迷迷糊糊间，我感到一双柔软的手抚摸着我的脸。

"呀！"我一下子惊醒，翻过身，正好看到一只瘦骨嶙峋的浣熊匆匆逃走。

"怎么了？"安娜喊道。她眨着眼睛，疯狂地打量着四周，问我："你还好吗？"

"我还好。"我说。她的反应如此敏捷，让我有些吃惊。

但我们还能坚持多久呢？我们在这里就是猎物，无法生存，也没有真正的庇护所。我知道，接下来我无论如何也无法入睡了。但是，不管怎么样，我也绝对不会去想这附近是否还有更多蝎子。

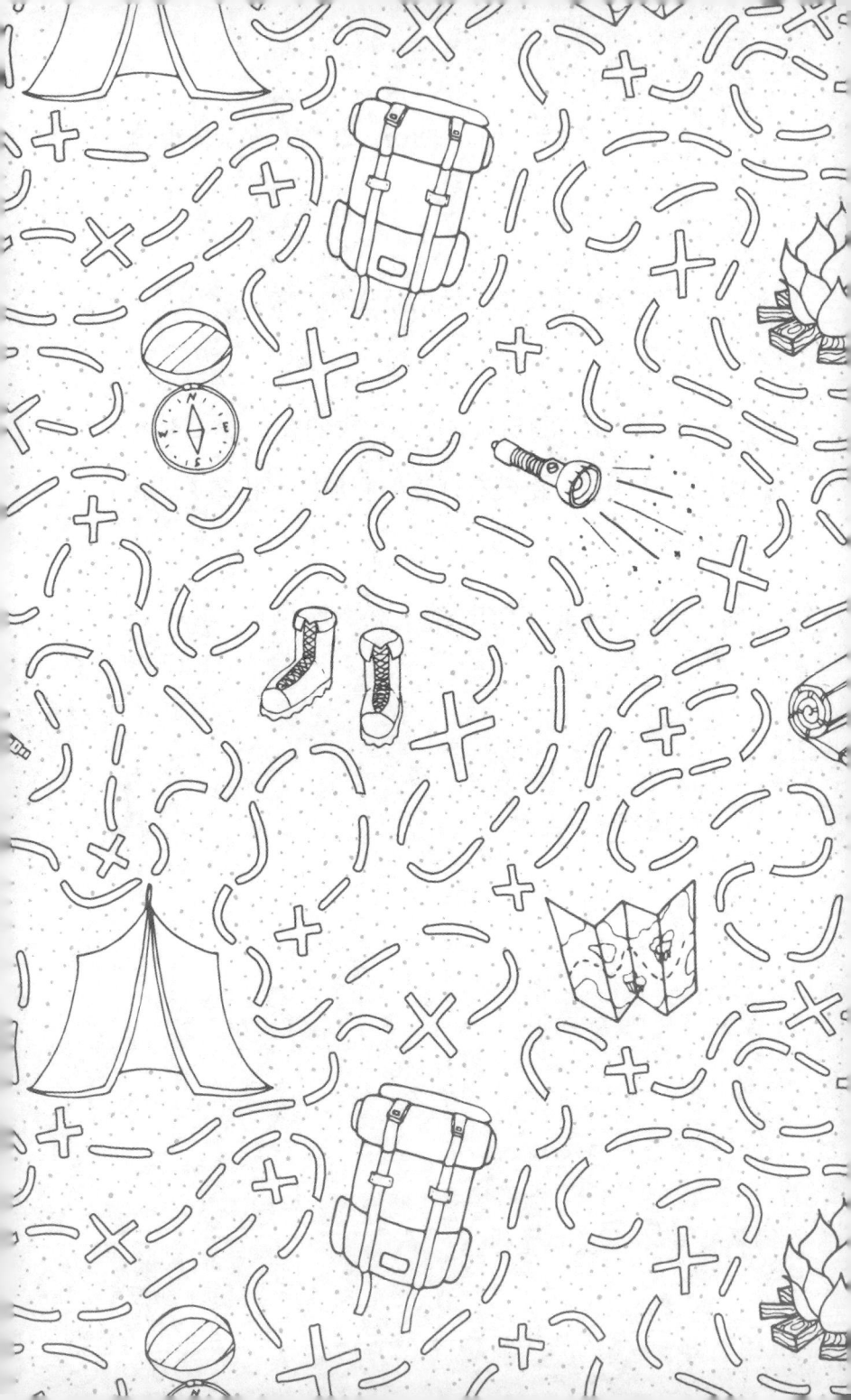

# 第六章
# 白脸猴又回来了

当我醒过来时，我首先发现的就是我的手已经不再疼了。我迎着晨光看了一眼自己的手，伸出手掌，握起五指，我的手指也恢复正常了。我没有死！我从蝎子的毒针下活了下来！

我逐渐可以看清周边的雨林了。和暗影中潜在的威胁相比，白天的雨林看起来要友善得多。

"安娜。"我叫道，"安娜？"

安娜动了一下，然后快速坐了起来。她看了一眼四周，说："所以我不是在做梦？"

"对。"我拿掉垃圾袋坐了起来。在我们睡着的时候，棕榈叶已经掉了下来，它可以算作史上最差的遮挡物了。

我在安娜身边走了一圈，检查周围的脚印。或许我们可以顺着自己的脚印走回去？开玩笑，这种想法也太不切实际了吧？我根本不知道该如何寻找我们来时的踪迹。

"我们必须赶回度假村。"安娜说,"我的爸爸妈妈会杀了我的,我们必须找到来时的路!"她看起来很激动,胡乱挥舞着弯刀。拿着弯刀的安娜看起来威风凛凛,我要是有一点儿像她就好了。

安娜突然加速往前冲,但差点儿摔倒在一边。她用手捂住头,整个人摇摇晃晃。

"你需要喝水,"我说,"不断流汗已经导致身体缺水了。"

突然,我们听到头顶的树枝发出响声。我们同时抬起头来,白脸猴又回来了。我一边警惕地看着它们,一边把垃圾袋塞进我最大的口袋里。

"它们来干什么?"安娜道。

白脸猴轮流来到地面,我小心翼翼地靠近它们,发现它们在树根间的一个洞前频频弯腰。那里看起来好像有一口井。

"嘿，它们找到水了。"

看到我们走过来，白脸猴四散而逃。

"这是雨水，可以喝的！"我惊喜地说道。

我们跪在地上，用手捧起水，大口大口地喝了起来。

"啊！我感觉好多了。"安娜擦了擦嘴，道，"你说得对，我刚才太渴了，但现在我们必须找到来时的道路。来吧！"

我把垃圾袋放进水中接了一点儿水，大概有几杯水那么多。我拿起垃圾袋，小心地系好开口，然后挂在自己的腰上。它笨拙地来回摇摆，随着我的移动发出晃动的声音。

"安娜，把弯刀给我。"

接过弯刀后，我用它在树上划出一个记号。或者说，我本来想划一个记号，但是刀刃一下子嵌进了树皮里，我不得不晃动弯刀，好一会儿才把刀拔了出来。我又用力砍了一下树干，但几乎没在上面留下任何痕迹。

"这么钝的刀到底有什么用？"我一边再次挥舞弯刀，一边问道。刀刃在树皮上一滑而过，划到了我左手的大拇指。

我浑身僵硬，心脏因为侥幸躲过一劫而怦怦直跳。"啊！"

我查看拇指的时候，双手都在发抖。"如果在雨林中受伤，伤口很快会被感染，因为这里太潮湿了。这里最盛产细菌。"

"你最盛产各种担心。"安娜一边说一边拿过弯刀，"放心吧，只是个小擦伤。"

安娜用力砍向树干，在上面留下了一个微小的横线。新鲜的划痕和暗色的树皮形成了鲜明对比。"你是想这么做，对吧？你应该用手腕发力。"

"这样，我们就知道曾经来过这里了。"我说。

安娜点头表示同意。"你这一点倒是挺聪明。"

我从口袋中拿出唇膏，涂在受伤的拇指上，相当于给它加了一层保护涂层。"我可不想老是转圈，那些白脸猴抢走了我的标记带，但我曾经读到过，用刀也能在树上留下标记。当我们前进时，我们必须在还能看见上一个标记的情况下，在下一棵树前略做停留，留下下一个标记。这样，我们就可以确保自己不会走冤枉路了。"

我在嘴唇上涂了些唇膏。看到安娜盯着我，我把唇膏递给了她。"是樱桃味的。"我说。

安娜耸了耸肩，也在嘴唇上涂了一些。她看了一眼四周，问："我们该朝哪个方向走？"

**我们真的应该去找回去的路吗？**我不知道，**是该留在这里等人来救我们，还是应该自己去寻找那条小道？**我看了一眼雨林、树荫以及茂盛的藤蔓和蕨类植物。太阳是从东方升起的，但我分不清那是哪个方向，雨林里看不到太阳，茂密的绿色丛林给人的压迫感越来越强，我的视野也变得越来越小。

我迟迟犹豫不决，感到自己的恐慌症似乎又要发作了。我从未做过这么重要的决定，我知道，在野外，最重要的就是做出明智的决定。离开还是留在原地，这是个生死攸关的决定。

我闭上眼睛，感到自己心跳加速。**好好想想，我们到底应该怎么做？**

# 第七章

# 野猪冲过来了

## 第七章　野猪冲过来了

"我们应该往山下走。"我说，"在那里，我们能够找到水源，甚至可能找到一条小路。"

安娜呼了一口气，说："好吧，走。"

在雨林中行走是一件让人非常懊恼的事情，因为那往往要花费很多时间。在这么潮湿的环境中，每走一步都让我们倍感疲惫。而且，现在还没有真正地热起来。虽然我们自从昨天午餐后就没有再进食，但我并不感到饥饿。可是我们需要补充水分，于是我和安娜轮流从那个垃圾袋中取水喝。

每一步都充满惊险。在雨林中行走简直像是走在布丁和香蕉皮上，我们在湿叶子和淤泥中不断打滑。"如果你感到自己即将滑倒，千万不要抓树枝。"我说，"摔倒总比抓到可能会咬到你的东西好。"

白脸猴一直跟在我们身后。"走开！"我冲它们喊道。

"它们可能只是好奇。"安娜道。

"如果它们能把我的密封袋还给我，我就原谅它们。"我说。

"但它们已经帮我们找到了水源。"

雨林中的景色一直在不断变化。一只比蜂鸟略大一点儿的蓝色蝴蝶闪闪发光，从我面前翩翩飞过。我们绕过另一棵根系硕大的大树时，发现根系旁边有一排树叶在移动。我们仔细一看，才发现那是一排蚂蚁，每只蚂蚁的头上都托着一片大叶子。

我们一边观察蚂蚁，一边用手擦汗。四处都是鸟鸣声和其他难以形容的声音。这些声音和昨夜听到的有所不同，但同样此起彼伏。放眼望去是一片绿色，深绿、浅绿、亮绿、苔藓绿。等等，那是红脚旋蜜雀吗？第309种鸟加入我的清单了。

我还惊讶地发现，头顶还有几只吼猴，它们安静地藏在树荫中。吼猴细长的尾巴缠着树枝，身体则悠闲地晃来晃去。一个小家伙紧紧抓着一只成年吼猴，聚精会神地看着我。

安娜在树上做了一个标记，我们继续前进。"为什么你会恐慌症发作？"她问道。

"如果我把精力过分耗费在思考同一件事情上，我就会开始担心。"

"啊哈，那你能学会让自己不去担心吗？"

"我还会因为自己的担心而感到担心，而我无法控制自己，这就是恐慌症。医生花了很长时间才确诊这种恐慌源于焦虑。"

"糟糕！"安娜停下脚步，一手赶走蚊子，一手不断挥刀砍向藤蔓形成的墙，"我弄丢了驱虫剂！我可能把它落在了昨天过夜的地方。"

当我们穿过藤蔓，看到前方的景象时，我们不觉停下了脚步。一群长脸、猪鼻子的动物正在一片空地上觅食。

它们抬起头来，用一双漆黑而圆润的眼睛凝视着我们。瞬间，一切都仿佛冻结了。闻到空气中的臭味时，我不禁皱起了鼻子，就在此时，突生巨变。

动物们开始四散奔逃，仿佛有人投下了一枚炮弹。它们咕哝着、狂叫着，牙齿咬得咔咔作响。那是一种恐怖的声音，就像两把木尺"啪"的一声拍打在一起。它们当中最大的那只背上鬃毛直立，咬牙切齿地注视着我们，充满敌意。

然后，它朝我们冲了过来。这是一头野猪！

这头野猪气势汹汹地冲向我们，我的腿完全僵住了，只能愣在原地，屏住呼吸，眼睁睁地看着它向我奔来，双手一动不动地垂在身体两侧。

一身粗糙的鬃毛。咔咔作响的牙齿。

它离我们越来越近——

"卡特!"安娜尖叫道。

我用手挡住了自己的脸。在它即将撞到我们的最后一刻,它突然转而向藤蔓飞奔而去。

安娜不知什么时候爬上了一棵歪歪扭扭的树,她站在树上,在半空中对我喊道:"快上来!"

那棵细瘦的树上缠着一根又长又硬的藤蔓,一圈一圈,像是旋转楼梯一样盘旋而上。我向前跑去。"它们还会回来吗?"我大声问道。

"已经看不到任何野猪了,我希望它们别再回来,它们丑死了。"安娜站在树上,居高临下,用弯刀指着我说:"你刚才很勇敢,我是说,你和那头野猪比拼胆量的时候,你很勇敢。"

勇敢? 我抓紧藤蔓,咽下一口气。我的腿还在颤抖,随即意识到自己已经爬上了树! 之前的一

切都发生得太快了，我甚至没有时间担心万一从树上掉下来该怎么办。我记得当我还小的时候，我的朋友马克斯曾说服我爬上了我家后院的一棵树。后来，他不得不把我妈妈叫来，才把我从树上救了下来。从那之后，我就发誓再也不爬树了。

我检查了一下自己的心跳速度。意识到危险消失了，我的心跳居然已经恢复正常。我暗暗笑了——事情一件接着一件发生，让我没有时间再次恐慌症发作。

我们待在树上，看那群野猪是否已经走远。环视四周，我发现我还是不知道自己身处何处。我可能需要爬到树顶上才能看到远处，但那明显是不可能的。

一阵叽叽喳喳的声音传来，而且越来越大，有什么东西正在穿过树林朝我们冲过来。

"松鼠猴！"安娜边指边说。

约有 40 只小动物不断从一根树枝跳到另一根树枝上，它们的速度太快，以至于我几乎无法看清它们的动作。我看到一只松鼠猴本来在一根树枝上待得好好的，看到我之后立即小心翼翼地躲到了树叶后面。一只双齿鹰落在了我身旁的藤蔓上，我险些因为激动掉下去。"第 310 种。"我轻声道。

一只褐翅鹍雀落在了旁边的一棵树上。我拿出双筒望远镜，确认了它的品种，我记得这种鸟总会跟在松鼠猴身后，因为松鼠猴的动作会引得虫子四散，正好成为鸟的猎物。"第 311 种。"我笑着说。

从这棵树上下来比从后院的树上下来要容易得多，毕竟这棵树有藤蔓形成的楼梯。我小心翼翼地回到了地面，然后看了一眼头顶的大树，心中充满自豪。

# 第八章

# 溪边的巨蚰

## 第八章 溪边的巨蛳

我们继续前进，刚才顺利爬树带来的喜悦很快消失无踪。我们的脸上都是汗水，还有一些流进了我的眼睛里。天气太炎热了，让人无法行动。我们的水已经喝完了，我尽量让自己不去想如果找不到更多水该怎么办。

"白脸猴都去哪里了？"安娜问道，"它们需要帮我们找到更多水源以及食物。我们没吃早餐，而我从来不会错过早餐！这里有什么是能吃的吗？"

"这里有各种各样的食物，但我不知道吃白脸猴吃的东西是不是一定安全。"

我们滑下一个陡峭的山坡，努力在湿滑的树叶上保持站立。当我们滑到山坡底部时，我听到了一个声音。

"听起来前面可能有水！"我冲了过去，发现了一条穿过岩石、冒着气泡的小溪。

"终于找到了！"安娜道。她立刻弯下腰，用手掬起一捧水。

"等一下！我们需要先把水烧开。"我拦住她道，"我的净水片被抢走了，不经烧开就喝下去的水可能会让我们得重病。"

安娜呻吟了一声。"这水看上去很干净！"

"寄生虫都是很小的。"我伸出手指，向安娜比画寄生虫究竟有多小。

"真的吗？一颗蜘蛛大小的粪便就能让我大病一场？"安娜把水浇到脖子上，"那么，我们该怎么烧水呢？"

我用手挡住终于穿过树荫投射下来的阳光。"我有一个主意。"我把双筒望远镜从脖子上取了下来，端详了它片刻，"我们可以利用这个镜片，让它发挥放大镜的作用来生火。"

在安娜收集树枝和树叶的同时，我拧下了望远镜上的镜片。

"我们该用什么来烧水？用垃圾袋的话，会把垃圾袋烧着的。"

"嗯，我也不知道。这附近有椰子吗？我们可以用椰子壳。"

"没有椰子。"

我意识到想要生火还需要一些木材。"你可以从树上砍下一些树枝吗？"我指着小溪旁边的一片树木说道，"我来负责找到盛水的容器。"

我让镜片倾斜，阳光穿过镜片聚焦在一小堆叶子上，而我坐在一旁耐心等待。汗水流到了我的鼻子上，有什么东西在我的后颈漫步，是蚂蚁吗？最好假装那就是蚂蚁。我的手臂又酸又痛。

安娜用弯刀砍折了一根树枝。"这里面是空

的。"安娜说，"啊哈，这里面就有水！"她蹲了下来，喝掉了里面流出来的水。之后，安娜把那根树枝完全从树上砍了下来，又看了看树枝的中间部分。

"这个树枝是一节一节的。"安娜把树枝倒转过来，"我听到里面有水，就像椰子一样！"

"这是一棵竹子。"我不愿意移动镜片和穿过镜片的光线，于是我让安娜把砍下来的竹子拿了过来，"我们可以用竹子来盛水！看到了吗？中空的竹子像一个杯子一样。你能再多砍些竹子吗？这样我们就能得到更多水了。"

安娜继续去砍竹子，但竹子里面的水大多随着竹子被砍断而流了出来。"每次我一击中竹子，它就马上流出水来。"安娜企图把嘴就到竹子下方来喝水，但每次水流得都比她的动作快。"我们只能喝小溪里的水了，我太渴了。"

"等一下，我马上就要生起火了。"我在镜片和引火物之间试探了一下，感觉这中间的光线有点儿烫，但火还没有点着的迹象。我将镜片微微倾斜，让光线更为聚焦，很快，我就欣喜地发现有叶子开始冒烟了。"快要成功了！"

我们一起盯着叶子。我本以为叶子会像我在视频网站上看到的那样，一下子燃烧起来，但叶子周围的烟雾很快就散去了。

"树叶可能太湿了。"我说，"你能找到一些比较干燥的树叶吗？"

"哪里有干树叶？这里的一切都是湿漉漉的，我还是直接喝水吧。"安娜把头伸进小溪里，开始不断吸水。

"不要喝！"

"啊！"安娜满足地舔着自己的嘴唇。

安娜喝水的声音让我感觉更渴了。我不知道自己能不能真的生起火来，要是密封袋里的打火机还在身边就好了。跟我想象中比起来，在真正的雨林中生火要困难得多。

"这样做应该可以生火的呀！"我一边不甘心地自言自语，一边努力保持平静。

"卡特，你不可能为所有的突发情况做好准备，没有人能够知道未来会发生什么。"

安娜的话让我有些不安。"但我就是这样的人。"我说，"我会为一切做计划。我在家里还写了一个小册子，上面有各种紧急情况的应对办法，我还组织爸爸妈妈举行消防演习，卧室外面还挂着逃生用的梯子。我了解在家应对飓风之类的自然灾害的相关措施，比如如何关掉电源和天然气等。我在食品储藏室里准备了一个灾难用品箱，里面有罐装食品、瓶装水、电池驱动的收音机、手电筒和防护服。我会为旅行的每个目的地准备专用的必需品。我必须确保自己一切安全。"

安娜盯着我。"但你没做好被蝎子蜇到的准备，而且最后也没出什么大事。"她直言不讳地说，"不论你怎么做计划，最关键的是在心里做好处理意外的准备。我爸爸一直告诉我：'只要克服恐惧，你就能获得你想得到的一切。'"安娜又喝了一口水，"你不是说过我们会因为流汗而脱水，所以需要不断喝水来补充水分吗？你也应该来喝点儿水。"

克服恐惧？我准备等会儿再仔细琢磨这段话的含意。我的心跳开始加速，说不定脱水的风险比水中寄生虫引起疾病的风险更大。

"至少这里的水看起来很干净。"我一边说一边把手伸进水里。

## 第八章　溪边的巨蚺

　　我把水捧到嘴边，最后还是决定，与其这样做不如直接模仿安娜的动作。于是，我也把脸靠近小溪，开始吸水。喝到水的感觉太清凉，太舒服了。

　　喝完水后，我感觉好多了，但我开始后悔跟安娜说了那么多。我的头脑已经清醒许多，本想再去研究一下竹子，但树林中的一阵响声打断了我的思路。

　　"猴子又回来了。"安娜指着头顶，"它们又开始发疯了。"猴子发出了尖叫声，而且疯狂地上蹿下跳。它们把水果和树枝扔到竹子后面的大树上，这不禁让我感到有些不安。

　　一条有着深色条纹和箭头似的脑袋的棕褐色巨蛇突然出现了。

　　"巨蚺！"我喊道。

　　巨蚺耐心地缠绕在树枝上，虽然猴子扔的球果不断落下来，但巨蟒看上去一点儿也不担心。

"我刚才还在那里砍树！"安娜喊道，"那条蛇完全可以从我的头顶上落下来！它看上去能够把我整个生吞下去。"

我第一次看到安娜露出想哭的表情。但安娜没有哭——她愤怒了。"坏蛇！快滚！"安娜拿起了一块石头扔向巨蟒。

看到自己被一群猴子和一个愤怒的女孩儿夹击，巨蟒可能也开始觉得这里并非休息的绝佳场所。它慢慢伸展身体，移到了另一根树枝上。在它缓缓移动时，我们分明看到它身体里有什么东西鼓了起来。

# 第九章

# 清水过滤器和白蚁巢

"那里面是猴宝宝吗？"我猜测道，"说不定这就是猴子生气的原因，但我们不需要担心，巨蚺不会伤及人类。不过，我们还是应该离开这里。"

我看了一眼小溪流水的方向。"你说这里的水是不是流向大海呢？走到海边说不定是我们找到救援的最佳方案。"

我们开始沿着小溪前进。小溪越来越宽，并不时因为巨石阻断和巨大的地势落差形成小瀑布。当我们翻越巨石时，安娜就用双手攀着岩石来保持稳定，她手中的弯刀则因时不时碰到岩石而叮当作响。

空气中仿佛混合着花朵和雨水的味道。蜜蜂在我身边嗡嗡作响，而我惊奇地发现自己居然没有开始惊慌，只是耐心等待蜜蜂飞走。在雨林中，我之前担忧的小事已经变得不那么重要。

突然，安娜停下脚步，举起手让我聆听。我

们一起望向上方的树荫，然后，安娜耸了耸肩膀，说："我还以为我听到了什么声音。"

安娜说话的声音很轻。在雨林中迷路的时间越久，安娜的士气越低。"再说，救援人员也无法透过树荫看到我们，对吧？"她问。

"我也不知道。"

"你觉得我们真的能够……活着走出这里吗？"

我握住安娜的肩膀，双手微微用力，她抬起头，看着我的眼睛，在那短暂的几秒中，我们似乎都让对方意识到，我们一定能够一起坚持下去。我们用各自的坚持传递给对方力量。

安娜挺直了腰，我也感到内心勇气倍增。安娜脸上的惊恐被坚毅所取代，她点了点头，转身绕过一个瀑布，继续走在前方。流水顺着她的后背流了下来。

地势逐渐变得平坦，小溪两侧的泥土也多了起来。安娜停下了脚步，盯着脚下的什么东西看。我转过头，看到泥土里有一个巨大的足印，而且还很深。

安娜把手放在了足印里。"什么东西有三根脚趾，大小还和我两只手加起来差不多大？"

"嗯，我们还是继续前进吧。"

我想看看周围有没有鳄鱼，但我很确信，鳄鱼的尾巴会在地面上留下拖曳的痕迹，鳄鱼不会留下方形的足印。**什么动物会留下那样的足印呢？**

当小溪和一条河流汇合在一起的时候，我们沿着河岸前进的速度已经越来越慢。岸边的树很矮，树根就裸露在地表。感觉到有人走近，树根旁边的红蟹匆匆跑开。我们不得不想办法翻过这些树根，而这比穿越茂密的雨林还要辛苦。

"前进开始变得困难了。"安娜道。

"开始?"我们的策略明显有问题,但我们又能做什么呢?我们浑身脏兮兮的,到处都是蚊子咬的包,衣服也被撕破了。我想安全地待在家里,我想爸爸妈妈听到我最新的应急计划时一边摇头,一边告诉我一切都会好起来的。我闭上了眼睛。

重新面临挑战让我感觉自己又开始颤抖,恐慌症又要发作了。就在此时,我想起了安娜刚才的话:我必须在心里做好面对意外的准备。还有关于克服困难的话——我被蝎子蜇到,却还在坚持。如果我可以从蝎子的攻击中活下来,那我也能克服眼前的困难。

"如果能够顺着河水游过去就好了。"安娜道。

我们二人都没有提及刚刚在泥土中看到的痕迹。难道水中躲着某种怪物?

我们俩默默盯着水面。就在此时，我产生了一个新想法。实际上，从刚才看到竹子起，我就在苦苦思考这件事。

"我们再找一些空心的竹子。"我说，"我想到了一个办法。"

"好的，但我得再喝点儿水。"安娜说。

和之前的水不同，河里的水很浑浊，连安娜都感到有些犹豫。

"我们先来做一个过滤器吧！"我说，"我们有木炭吗？"

"对不起，我把木炭落在家里了。"安娜横着眼看了我一眼。

"但我们还是试试做个过滤器吧！我在家里模拟紧急情况时用塑料袋做过一个过滤器。"我把垃圾袋放在地上，往里面装了一些岸边的细土。

"去找一些沙子或者比较大的石头。"我对安娜说，"我们需要一层沙子，一层石头，然后再一层沙子，一层石头，就像做生日蛋糕一样。这样，当我们把水倒进去后，流出来的水就是经过过滤的清水了。"

堆好一层层沙子和石头后，我指了指垃圾袋，问："安娜，能不能麻烦你在袋子的两侧打个结，以便我们把袋子挂到树上？"

我用牙齿解开了我用 8 英尺 ① 长的伞索编成的救生手链，把它绑成两个圈，绕着安娜做的结，勒紧，然后把垃圾袋挂在了一根较低的树枝上。我们从河里取来水，然后倒入垃圾袋中。安娜用弯刀在垃圾袋底部捅了一个小洞，过了一会儿，水就一滴

---

① 英尺：英美制长度单位。1 英尺 = 0.3048 米。

一滴地流了出来。

"水变得更清澈了吗?"安娜看着自己手中的水怀疑地说,"我怎么看不出来?"

"在家效果会更好,"我不得不承认这一点,"可能还是需要木炭。"

喝过水后,我们回到雨林,找到了更多竹子。另外,我还发现了另一样东西。

"一个白蚁巢!"我兴奋地一边指着白蚁巢,一边说道,"它是可食用的。"看到安娜的表情,我笑了出来。安娜做了个鬼脸作为回应。

"白蚁巢据说有很好的驱虫功效。"我一边说,一边向安娜展示如何把一根树枝放到白蚁巢里引出白蚁。像我在澳洲学到的那样,我一口吃掉了这些白蚁。它们的味道和其他食物很不一样。

安娜看着我不断咀嚼,不禁挠了挠脸,说:"想不到有一天我会吃虫子。"她耸了耸肩，然后也像我一样开始吃木棍上的白蚁。"嗯……味道不算太糟糕。你说它们还可以用来驱赶蚊虫？"

"理论上，你可以点着白蚁巢，它散发的味道可以驱赶蚊虫，但我们还没有生起火来呢。"我拿起一个坚硬的、到处是洞的白蚁巢，闻了一下我指尖上的泥土的味道，像木头的味道，又像辣椒一样有些刺鼻。"或许我们可以把这上面的东西涂在皮肤上？"我建议道。

安娜从白蚁巢上砍下了一大块，让渺小的白蚁世界产生了巨大的恐慌。我们俩各自用手掰下一块白蚁巢，上面还有一些白蚁在挣扎，我抓起白蚁巢和白蚁就往脸上和脖子上涂。它们似乎真的能够驱赶蚊虫。

"你的这个主意真不错，卡特。我要是能够像你一样聪明就好了。"

安娜想像我一样？我不可思议地盯着安娜，她抓着白蚁巢往脸上涂，然后拍了拍手，掸掉泥土，轻轻地拍了一下我的胳膊。

"不要再盯着我了，书呆子。"安娜笑道。

我要是像安娜一样无所畏惧就好了。

# 第十章

# 做竹筏

# 第十章 做竹筏

安娜还在吃白蚁，我则跟她解释我的新计划。安娜一边咀嚼一边聚精会神地听着，然后问："但你确定它真的能够浮起来吗？"

"如果我们用中空的竹子，它肯定能够浮起来，我们可以砍下一些纤细的藤蔓作为绳子，因为伞索在做过滤器时已经被我用掉了。"

"我们可以先竖着摆好五六根竹子，再横向摆一些竹子，这样足够稳固，能够载起我们两个人，就像一个皮筏艇一样。"

安娜伸手扯下了一根藤蔓。"你是怎么知道这些知识的？你不可能在来到这里之前读过所有这些东西。"

"我的爷爷会造皮划艇和船只，我会在一旁看，偶尔搭把手。好吧，我没有搭把手。我很……"我因为羞愧摸了摸脸，"我很害怕电动工具。"

安娜蹲在纠缠在一起的藤蔓旁，开始拆解。

"我只是很喜欢待在爷爷店里的感觉。"我继续说，"店里永远弥漫着木屑、胶水和他抹在头发上的奇怪东西的味道。和他在一起总是让我感到内心十分平静，我还很喜欢给船涂漆。"我看了一眼安娜，不知道她是否能够明白我的意思。

安娜蹲在地上，剔起了牙齿，说："这个说不定真的能行。"

"你能找到六根竹子吗？"我指向一片笔直的竹子。竹子十分纤细，大概和旗杆一样粗，把它们砍倒对安娜来说应该不是问题。

安娜跳了起来，似乎因为我的计划而感到兴奋。在我把藤蔓都编在一起，做好绳子时，她已经砍倒了三根竹子。

"你是怎么变得这么强壮的？"我问道。我希望自己也能拥有这种足以砍倒竹子的力量。看到安娜如此强壮让我更觉得自己毫无希望。

安娜耸了耸肩，说："我很喜欢体育。我从7岁开始打篮球，我也是摔跤队里唯一的女孩儿，所以我不得不学会怎么保护自己。还有，我是舔过猴神雕像的人，记得吗？"安娜对我眨了眨眼，"我知道那不过是一个传说，但我一直觉得舔雕像会是一个很有趣的经历。"她的面色变得凝重起来，又接着砍竹子，仿佛永远不会认输。

我回忆起自己自记事起所恐惧的所有事物。我一直担心在雨林中迷路这样的事情发生，我总是担心一切可能会发生的意外，而我们的确发生了意外，我还被蝎子蜇了，但我现在还活着。或许，我也因为舔过猴神雕像而获得了力量。

我们把砍下来的竹子拖到河岸，按计划摆好，然后开始研究它们。它们必须被紧紧地绑在一起。当我试图用藤蔓绕着一根竹子转一圈时，一不小心被绊了一跤，然后踩着竹子滑了下去，整个身体滚进了淤泥里，还有一部分身体陷入了河里。安娜拼命忍住了想要笑出声的冲动。

我用藤蔓把竹子并排绑在一起。每一根竹子都需要用藤蔓绕一圈，捆绑一次。我一边思考怎么绑更牢固，一边开始想象各种失误导致的后果。如果绑竹子的方法不对，导致竹筏散开怎么办？我们会掉进河里，而里面有鳄鱼和某种大型三趾动物在等待我们。

我感觉有些不太对，打的结都纠缠在了一起。绑的方法不对，竹子没有被固定住。爷爷做起来那么轻松的事情实际做起来却很难。

"让我试试？"安娜伸出手来接过藤蔓。

## 第十章　做竹筏

"把藤蔓从顶端这样绕过去。"我指着藤蔓道，"干得好，然后把这个钩住往上一拉，这样打结会很牢固。不是这样……反过来——对！"

我不断指挥着安娜。在横排固定起来后，我们的竹筏看起来几乎和爷爷打造的适航船相差无几了。"现在，我们还需要两个撑船篙，"我说，"很长的撑船篙。"

我看了一眼太阳，已经快到傍晚了，难以想象一天居然这么快就过去了。想到昨天天黑的速度，我知道我们必须加快工作的速度。

我们把竹筏推到浅滩上，然后看到竹筏慢慢浮了起来。我在岸边兴奋地来回走了几步，试图积累足够的勇气再跳上竹筏。安娜则毫不犹豫地一下子跳了上去，然后小心翼翼地在竹筏上跳了一下。竹筏摇晃了一下，但并没有沉下去。

"我们太了不起了！"安娜喊道，伸出手准备和我击掌庆祝。

我则小心翼翼地跳到了竹筏上，手里还紧紧抓着撑船篙。我的腿有些颤抖，心跳也在加速，但我还是成功了。我们盘腿坐在竹筏中间来保持平衡，看到我们的样子，爷爷肯定也会为我们感到骄傲的。

水上的前进很顺利，我十分欣慰。河岸从我们眼前快速后退，我们撑着船篙，所以竹筏不会打转。在大部分时间里，都是水流推动着竹筏前进。很快，河岸后退的速度越来越快，竹筏也开始上下晃动。我们来到了一个拐弯处，拐过去后河水的速度更快了，我不由得惊呼一声。

我们经过了一片混乱的漩涡，漩涡激起的水花弄湿了一只裤腿。木筏疯狂地上下晃动，让安娜差点儿摔倒。我一把抓住安娜，努力让两人在竹筏上坐稳。然后，我们看到弯刀从竹筏上滑了下去，但还没来得及抓住它，就眼睁睁地看着它在水中消失了。我紧紧抓住安娜的手。

　　我紧张地看了一眼两岸飞逝的雨林。就在此时，我看到了眼前的激流。安娜和我对视了一眼。

　　"抓紧竹筏！"我尖叫道。

# 第十一章

# 顺流而下

　　我们在激流中一路颠簸，险些撞到激流中的一块巨石。竹筏像一匹不羁的野马向一侧倾斜，我们爬到了另一侧以保持平衡。随着竹筏重新落回水中，我们浑身都被淋湿了。我们又坐回到竹筏中央，虽然浑身湿透，但我们始终紧紧抓着两侧的竹子。

　　竹子在激烈的水流中不断相互碰撞，藤蔓逐渐开始松动，终于，一根竹子飘走了。我企图挽回它，但我还没来得及抓住它，它就不见了。

　　"哦，不！"安娜喊道。

　　只剩下五根竹子让我们的竹筏更窄、更不平稳了。我们勉强浮在水面上，双脚不时地滑下竹筏，落入河中。我努力让自己忘记鳄鱼最长能够长到20英尺，并且每年至少有一名游客死于鳄鱼咬伤这种事。**老天保佑，这条河里千万别有鳄鱼。**

　　我把藤蔓又绑紧了一点儿，确保其他竹子不会

脱落。可是就算剩下的竹子紧紧地靠在一起，如果前面还有激流，我们该怎么办？我们肯定会翻船的。

我从口袋中拿出垃圾袋。"帮我，我们要做一个拖曳伞。"

"一个什么？"

"我曾在纽芬兰乘船观看过北极海鹦。当轮船开始颠簸时，船长在船后用一个大降落伞让船稳了下来。他把那个大降落伞称作拖曳伞。"

垃圾袋已经和我的伞索系在了一起，但是伞索太短了，不足以让垃圾袋在竹筏后方远远地鼓起来。我给了安娜一根藤蔓，说："我们要像放风筝一样牵着它，懂了吗？"

我看到前方的水面更加汹涌，催促道："快！"

我们一手把垃圾袋拉到竹筏的最后方，让它飘起来，一手紧紧抓住藤蔓。打开的垃圾袋仿佛一张黑色的大嘴，里面全是水。

这一次，我们以较为平缓的速度渡过了激流，再次被水花打湿了全身，但这一次，竹筏没有之前那么颠簸，我们的前进也比之前更为平稳。

"成功了！"安娜道。

我擦掉脸上的水，看了一眼四周。周围的雨林生机勃勃，鸟儿在树上飞来飞去，它们的叫声无处不在。雨林中光移影动，一只泛着金属光泽的甲虫从我身边飞过。

我指着一只正在晒太阳的大蜥蜴给安娜看。当我们路过一根横在水面上的树枝时，我看到一只巨大的深色毛发的猴子头朝下倒挂在水面之上，它的整个身体都靠牢牢缠在树枝上的尾巴支撑。猴子严肃地看着我们，双手垂在身体两侧。

"蜘蛛猴。"安娜轻声道。她指了指她湿透了的绿色T恤，T恤上面写着"科尔科瓦多国家公园"几个字，字后面还有两只猴子在偷看。她真的很喜欢猴子。

那只猴子慢慢举起手，一把攀住树枝把自己拉了上去，一连串动作悄无声息。一只小蜥蜴飞快地爬过水面，简直身轻如燕。

雨林中充满了生机和活力。

水面上，最让人感到舒适的是迎面而来的清风。风很快把整天都贴在我身上的速干衣吹干了。我感觉自己仿佛身处一个闷热的房间，水上的风就像风扇吹出的热气，虽然不比冷风，但至少比雨林深处的闷热要好。

"卡特！"安娜指着水中的什么东西喊道。我的心跳开始加速。

一个棕色的庞然大物正以惊人的速度径直朝我

们冲过来，那是一只大鳄鱼吗？鳄鱼一张嘴就能把竹筏咬成两半。

安娜抓住我的胳膊，她的脸因为恐惧而变得惨白。"它会吃掉我们吗？"安娜轻声问道。

我又看了一眼水面，但是已经看不到那个动物了。我转身打量了一下四周。就在我们用尽全力逃出雨林时，难道我们的命运还是要以被鳄鱼攻击而告终吗？

我转向右侧，又看到了那个动物，它从水中站了起来，河水从它巨大的身体上流了下去。这个家伙至少有 700 到 800 磅 ① 重。

"哦！"安娜道。

它不是一只鳄鱼。

---

① 磅：英美制质量单位。1 磅 = 0.4536 千克。

# 第十二章

# 中美貘和绿咬鹃

它站在那里盯着我们，看上去像是巨型猪和大象的结合体，古怪的鼻子晃来晃去，嗅了嗅四周的空气。接着，它转过身，走向雨林，在浓密的树林中消失得无影无踪。

我们沉默了片刻。之后，安娜长呼一口气。"你觉得它是三根脚趾吗？"她问道。

"是的，地上的足印就是它留下的。"我说，"我早就该猜到了，这是中美貘。妈妈一直希望这次在哥斯达黎加能够看到一只中美貘，妈妈说它们是温柔的巨兽。"

我突然感到一股强烈的对家的眷恋之情。我的爸爸妈妈此刻应该都在寻找我，他们在为我担心，同时肯定又气恼又害怕。我太想见到他们了。我想告诉他们我在雨林中做的一切，然后，我们一起回家。

竹筏没走多久，我们就看到前方的河水流入了大海。我们右侧出现了一片沙滩。而我们离沙滩越近，我们看到的浪花就越大。

浪花击中了竹筏，但竹筏冲到了浪花之上。"砰"的一声后，我们感到竹筏底部碰到了陆地。我们摇摇晃晃地跳了下去，我"扑通"一下倒在了柔软的沙滩上，安娜则倒在了我旁边。我们成功走出了雨林！

"你能相信白脸猴把密封袋中你最需要的东西还给了你吗？我是说那个垃圾袋。"安娜道，"仿佛它们一开始就知道我们怎么做才能离开雨林。"

我看了一眼飘扬在竹筏后方的垃圾袋。它是很好的风衣、水瓶、过滤器和雨衣，我们甚至可以拿它充当防水布，甚至是竹筏的拖曳伞。

"看我找到了什么。"安娜从自己躺着的地方举起了一个光滑的绿椰子。

我们打量了一下四周，发现到处都是椰子。安娜用一块锋利的石头敲开了手边的椰子，我们开始轮流喝里面的椰汁。然后，我坐了起来，突然感到筋疲力尽。我们又坐了片刻，凝望大海的颜色。太阳快要落山了，为海面洒下一片柔光。海风吹到我滚烫的皮肤上的感觉实在是太棒了。

"那是你的灵魂守护者。"安娜指着我头顶的树枝道。

我转过头，看到了绿咬鹃。绿咬鹃转身飞走了。它的羽毛在夕阳的衬托下显得更加美丽，使我不禁赞叹出声。

"它是玛雅战士的精神守护者，"我说，"而你，比我更像战士。"

"但我们是凭借你的各种知识才走出雨林的。

如果你没有读过那么多的东西，我们是永远走不出来的。你也是一名战士，你是一名'知识战士'。"

听到她的话，我沉默了。我做了很多自己都不相信能做到的事情。我的有些计划实现了，有些计划落空了，但在计划落空后，我又想出了新的计划。我又想起之前那头咬牙切齿的野猪。"我还想跟你坦白一件事……其实，我当时没你想象中那么勇敢。"

"什么当时？"

"就是面对那头野猪的时候。我当时完全被吓得僵住了，我不像你那样勇敢。你完全无所畏惧。"

安娜笑了一声，说："我不是无所畏惧。在雨林中，我和你一样感到害怕，但我们必须坚持下去。你很害怕，但你一直在坚持。我们都克服了恐惧。克服恐惧就是勇敢。这就是绿咬鹃的力量吧？"

安娜对着我举起了拳头，我挥起自己的拳头，轻轻撞向了她的拳头。

"绿咬鹃的力量。"我重复道。

我们相视一笑，然后再次沉默下来。

因为我们听到了某种声音。

那是说话声，人类的声音。

我们跳了起来，在沙滩上狂奔，上气不接下气地来到了沙嘴上。在那里，我们看到海湾上有三条船正在靠岸，渔民正在收拾渔网，准备离开。我们冲了过去，像吼猴一样挥舞双臂，奋力大喊。

# 第十三章

# 六周后

六周后。

"之后渔民带你们回到了度假村？"记者问道。

"对。"想到度假村，我不禁哆嗦了一下，"无数搜救人员参与了搜救，度假村看起来像狂欢节一样热闹。他们花了一天一夜试图找到我们。但除非你知道失踪人员的具体位置，不然你很难在雨林中找到人。"

我又想起再次看到爸爸妈妈时的场景。我们抱在一起哭。他们如释重负，并没有发火，而是为我感到骄傲。想到这里，我有些哽咽，赶紧把注意力转回记者身上。

"在雨林中做标记是个聪明的决定，如果有人找到你们过夜的地方，他们就可以顺着标记找到你们。"记者对我点了点头，"我相信安娜也一定对你刮目相看，我很赞同她称你为'知识战士'，这个称呼十分恰当。"

　　我的脸突然有些发烫。"我们是协力活下来的。在迷路后生存下来对我帮助很大，我学到了很重要的一课。雨林中有针头那么小的危险，也有汽车那么大却无害的动物。危险和神奇在雨林中相互交织，和这个飓风频繁的地方有很多相似之处。"

　　"你的恐慌症现在还会发作吗？我是说经历过雨林那件事之后。"记者问道。

　　"我的恐慌症没有再次发作。其实，当我任凭想象力随意发挥时，我还是会焦虑。但那时我就会想起，我永远不可能为所有的意外提前做好准备。我记住了雨林教给我的关键一课：不是什么东西都会伤害到我。我不再像过去一样事无巨细都会担心。我学会了如何更好地控制自己的焦虑。"

　　妈妈照顾的另一个小孩儿兴奋地尖叫了起来。

我举起手，证明我没有被吓到。"看到了吗？"

"了不起——"

"嘿！各位！"爸爸从楼下喊道，"幻灯片已经准备好了，你们也聊得差不多了吧？"

"希望你已经准备好在接下来的两个小时内观赏鸟类照片。"我说，"那张绿咬鹃的照片棒极了。"

记者看上去有些警惕。"实际上，我不得不马上离开，但我还有最后一个问题：针对那次被蝎子蜇到的事，你有没有做进一步的了解？比如你是怎么好起来的？"

"那只蝎子的毒性不是很大，除非你对蝎子过敏，不然被蜇到的疼痛感往往只会持续一个小时左右。面对蝎子，我还是很幸运的，但对于寄生虫，我就没那么幸运了。"

"寄生虫？"

　　"我和安娜喝的水里有寄生虫。我们两个后来一直腹泻，直到吃了药才好起来。安娜觉得这件事十分好笑，"我微笑着摇了摇头，"而她直到现在竟然依然觉得我是一个怪人！"

# 作者的话

　　这本书的故事是基于多个在哥斯达黎加雨林迷路的徒步者的故事改编的。在切实发生之前，没有人相信自己会遇到这样的事情。在植被茂密的雨林中，徒步者一旦偏离小道，用不了几步就会失去方向。

　　一对夫妇曾在奥萨半岛进行短程徒步行走，他们临时决定离开小道去看一种独特的树木。他们没有迷失方向，但妻子在被绊倒后脚踝骨折了，丈夫决定去寻找救援。在他回来后，却无法找到自己与妻子分开的地方。救援队花了三周才找到妻子。不幸的是，一切已经太晚了。

　　和本系列的其他故事一样，我最感兴趣的主题是人们如何在极端环境中生存下来。我还读过一个故事，两名徒步者决定在雨林中另辟蹊径，找到一条新的道路，结果在雨林中被困长达七周之久，却奇迹般地活了下来。他们是怎么做到的呢？他们基本上以蜘蛛为食，体重大幅度降了下来，其中一人还得了重病。即便如此，他们还是坚持了下来，并活着走出了雨林。

我还惊讶地发现，我的一名同事也曾和自己的一个朋友一起，在蒙特韦尔德附近的云林保护区迷失了数周之久。他们的错误是选择了一条标记不清的新路，没过多久就走丢了，而他们所能依靠的只有一张老地图的复印件和自己的智慧。他们身边也没有饮用水。

在我和那位同事的交谈中，我发现一个很重要的因素帮助他们生存了下来——他们没有惊慌失措。他们没有提及内心的恐惧，他们只是专注于如何找到出去的路，并把遇到的一切当作必须解决的问题。他们一直在平静地用逻辑寻找解决方案。

我不禁去想，在意识到自己可能永远走不出雨林时，是否每个人都能保持这样的冷静。这又让我想到，一个面对日常生活都会焦虑的人，如果必须在雨林中寻找出去的路，又会是怎样的情景呢？他真的能够生存下来吗？

虽然创作的故事基于真实事件，但其中部分细节是虚构的，包括主角的名字和几个背景设置。

那么，为了防止在野外迷路，你该做些什么准备呢？

# 加拿大红十字会教你打造
## 属于你自己的生存包

CANADIAN RED CROSS
CROIX-ROUGE CANADIENNE

突发事件虽然很恐怖，但如果你早已做好准备，你可以克服恐惧，并解决任何难题。

加拿大红十字会建议你在野外生存包里准备以下十种物品：

## 1. 小刀

最好是能把刀片收起来的小刀。

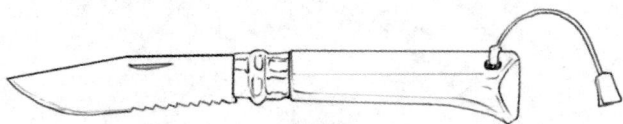

## 2. 生火工具

打火机、火柴、点火器（可自制，如涂有凡士林的棉球）、蜡烛等。

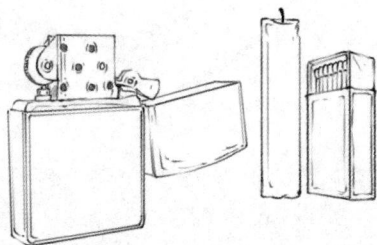

### 3. 口哨

口哨的声音必须足够穿透暴风雨中的逆风，并且能够在寒冷或潮湿的环境中发挥作用。

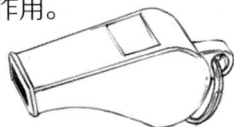

### 4. 导航工具

指南针、地图、手表等。

### 5. 防晒装置

防晒霜、唇膏、太阳镜、帽子等。

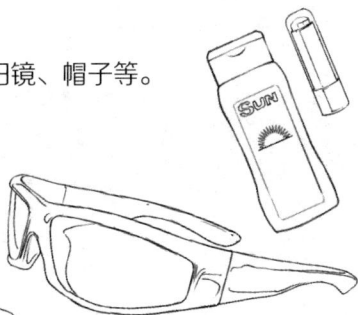
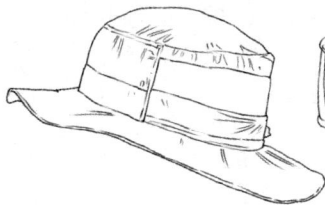

## 6. 急救包

里面应当包括创可贴、镊子、消毒湿巾、抗生素软

膏、止痛药、安全别针、吊带、氢化可的松乳膏。

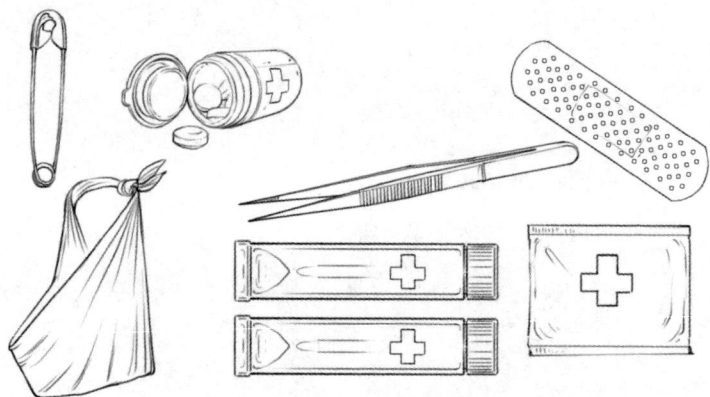

## 7. 衣物

干袜子、羊毛帽等。

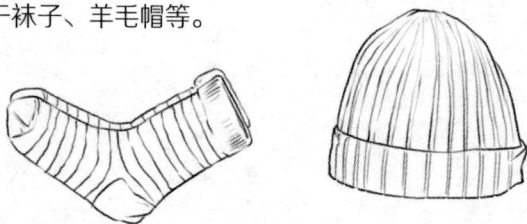

## 8. 照明器

带电池的迷你手电筒。

## 9. 建造庇护所时可以用到的材料

垃圾袋、防水布、太空毯、绳索等。

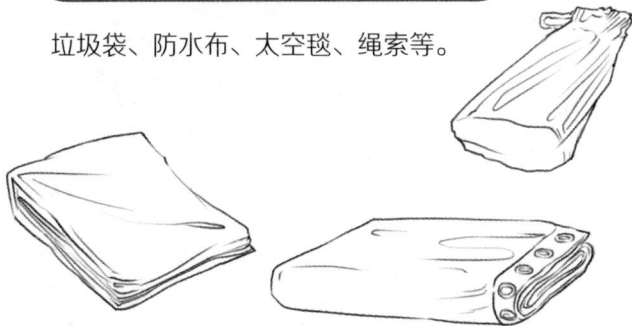

## 10. 食物和水

能量棒、什锦果仁、饮用水等。

# 致谢

在我为本书进行调研期间，我通过许多渠道收集了包括书籍、报道、笔录等在内的各种信息。另外，我还要感谢兰迪·蒂平和布莱克·皮什接受我的采访，并和我分享他们的故事。布莱克，你的勇气给我以激励。

以及，感谢那些一直为我提供意见和建议的

合作伙伴马西娅·韦尔斯、埃米·费尔纳·多米尼和西尔维娅·穆斯格罗夫。

我个人为本书的任何谬误负责。

LOST! by Terry Lynn Johnson

Text copyright © 2018 by Houghton Mifflin Harcourt Publishing Company

Illustrations copyright © 2018 by Houghton Mifflin Harcourt Publishing Company

Published by arrangement with Houghton Mifflin Harcourt Publishing Company
through Bardon-Chinese Media Agency

Simplified Chinese translation copyright © 2020 by China South Booky Culture Media Co., Ltd.

ALL RIGHTS RESERVED

**著作权合同登记号：图字18-2020-007**

**图书在版编目（CIP）数据**

绝地求生. 丛林迷踪 /（加）特里·约翰逊著；王
旸译. --长沙：湖南文艺出版社，2020.8
书名原文：Survivor Diaries Lost!
ISBN 978-7-5404-9673-9

Ⅰ．①绝… Ⅱ．①特… ②王… Ⅲ．①儿童小说—中
篇小说—加拿大—现代 Ⅳ．①I711.84

中国版本图书馆CIP数据核字（2020）第082588号

**上架建议：儿童文学**

JUEDI QIUSHENG·CONGLIN MIZONG
绝地求生·丛林迷踪

作　　者：[加]特里·约翰逊
译　　者：王　旸
出 版 人：曾赛丰
责任编辑：丁丽丹
策划编辑：何　淼
特约编辑：张丽霞
营销支持：付　佳
版权支持：辛　艳　　张雪珂
封面设计：潘雪琴
版式设计：马俊嬴
版式排版：金锋工作室
出　　版：湖南文艺出版社
　　　　　（长沙市雨花区东二环一段508号　邮编：410014）
网　　址：www.hnwy.net
印　　刷：嘉业印刷（天津）有限公司
经　　销：新华书店
开　　本：860 mm×1200 mm　1/32
字　　数：45千字
印　　张：4.5
版　　次：2020年8月第1版
印　　次：2020年8月第1次印刷
书　　号：ISBN 978-7-5404-9673-9
定　　价：19.90元

若有质量问题，请致电质量监督电话：010-59096394
团购电话：010-59320018